LES CAHIERS DU PEUPLE

I

- ai-je mon compte?

PAR

GERVAIS MARTIAL

« Les engagements qui nous lient au
corps social ne sont obligatoires que
parce qu'ils sont mutuels. »

« J.-J. Rousseau, *Contrat social.*

PRIX : UN FRANC

PARIS

J. STRAUSS, LIBRAIRE

5, rue du Croissant, 5

1881

VIENT DE PARAITRE

Chez J. STRAUSS, 5, rue du Croissant, à Paris

UN VOLUME GRAND IN-OCTAVO

Par M. PEROT, de Lille

L'HOMME ET DIEU

Méditation physiologique sur l'homme

SON ORIGINE ET SON ESSENCE

ET DONT VICTOR HUGO A ACCEPTÉ LA DÉDICACE

PRIX : 4 FR. — *Franco* : 4 FR. 50

~~~~~~~~~~~~~

1830 Paris. — Imp. Beraard, 9, rue de la Fidélité.

AI-JE MON COMPTE?

LES CAHIERS DU PEUPLE

I

- ai-je mon compte ?

PAR

GERVAIS MARTIAL

> « Les engagements qui nous lient au
> « corps social ne sont obligatoires que
> « parce qu'ils sont mutuels. »
>
> « J.-J. Rousseau, *Contrat social.*

PARIS

J. STRAUSS, LIBRAIRE

5, rue du Croissant, 5

1881

AVANT-PROPOS

—

Par ce temps qui court de mandants trompés, de mandataires oublieux et de mandats violés, je crois que le moment est revenu pour le peuple de reprendre l'usage des cahiers, qui l'ont déjà sauvé une fois..

Les cahiers du peuple furent,— et peuvent être encore,— la manifestation la plus directe de ses aspirations et de ses volontés.

Le mandant peut avoir été dupé, le mandataire peut avoir été renégat, le mandat peut avoir été trahi; mais les revendications du peuple restent et les cahiers *les formulent*.

Les cahiers de l'électeur soutiennent et stimulent l'élu honnête et loyal; ils accusent et flétrissent l'élu qui a déserté.

J'ai écrit ce premier cahier avec ce que j'ai trouvé en moi de meilleur en fait de logique, d'amour de la justice et de haine de l'oppression. Je serais grandement payé si j'avais réussi à donner à d'autres, plus éclairés que moi, l'idée d'en écrire de nouveaux.

Dans ce cahier d'un déshérité de la soi-disant « association humaine, » je n'ai développé qu'un côté général, — le côté préliminaire, — de la question sociale.

Ce déshérité, à qui l'on parle sans

cesse d'association et de solidarité, se demande simplement s'il a son compte dans
cette « société », et il se répond : Non.

A d'autres le soin de prendre, — selon
leurs aptitudes et leurs connaissances spé-
ciales, — chacune des questions qui inté-
ressent le peuple et à écrire leur cahier.

Il y a des hommes qui connaissent à
fond la question des impôts ; d'autres ont
les mains pleines de vérités sur la justice,
sur l'administration, sur la religion, sur
l'agriculture, sur l'industrie, etc., etc.

Qu'ils les ouvrent et publient leurs
cahiers, toujours au nom du peuple...,
toujours en vue de cette question, la seule
qui importe au peuple : AI-JE MON
COMPTE ?

Je crois le cadre bon et je les convie à le remplir, convaincu que c'est là de la bonne besogne.

Une seule observation à ceux qui voudraient donner une suite à ce livre : je les supplie d'être clairs et familiers. Notre instruction civique est à faire ; commençons par épeler.

LÉON BIENVENU.

ENTENDONS-NOUS BIEN

—

Ceci n'est ni un livre de politique, ni un livre de philosophie, ni un livre de sentiment : c'est un livre d'affaires.

Je nais, sans l'avoir voulu, dans une société toute faite, — ou qui prétend l'être, — en tout cas, dans une société qui s'est faite sans moi.

Cette société me dit :

— Te voilà un de nos « SOCIÉTAIRES »; voici tes droits, voici tes devoirs.

C'est très bien; mais, puisque je suis « *sociétaire* », c'est-à-dire intéressé à part

1.

égale aux autres, dans cette machine que d'autres que moi ont montée, il s'agit d'examiner quels sont ces droits que l'on m'accorde, quels sont ces devoirs que l'on m'impose, de savoir ce que l'on me demande et ce que l'on me donne, de peser les termes du contrat; en un mot, de voir si j'ai réellement MON COMPTE.

Si j'ai MON COMPTE, je signe le traité et je l'exécute fidèlement.

Si je ne l'ai pas, je proteste.

Je viens de vérifier, et voici ce que j'ai trouvé.

———

MON APPORT DANS L'ASSOCIATION

—

Que me demande l'association ?

Une part de mon travail, — sous forme d'impôt, — pour la faire fonctionner et l'embellir au mieux des intérêts et des désirs de tous, — des miens par conséquent.

Tout mon sang pour la défendre.

Très juste. Je souscris.

———

MES BÉNÉFICES DANS L'ASSOCIATION

—

Que doit me donner l'association pour ce qu'elle me demande?

En échange de mon argent, c'est-à-dire de mon travail :

Des routes, de la lumière, des choses utiles et même de belles choses inutiles, s'il nous a plu, à moi et aux autres « *actionnaires* », d'en demander.

En échange de mon sang: protection sans limite, — comme l'est mon dévouement, — égalité complète avec mes çosociétaires, à qui l'association ne doit ni demander moins qu'à moi ni donner plus qu'à moi.

DILEMME

—

Si je suis traité comme les autres sociétaires, l'association est régulière, honnête, normale, je suis un vrai sociétaire, un citoyen ; en un mot, J'AI MON COMPTE. Mais si je suis plus mal traité que certains autres, c'est-à-dire si l'on m'impose de plus lourdes charges en me donnant de plus minces dividendes, l'association est absurde, déloyale et insupportable. Alors je ne suis plus ni un sociétaire ni un citoyen, je suis un exploité : JE N'AI PAS MON COMPTE.

Et dans ce cas, les autres « *sociétaires* » privilégiés me la baillent belle quand ils viennent me sommer d'aimer une association qui me vole, de respecter des statuts qui me dépouillent et d'approuver des comptes qui ne se balancent pas.

Or, tout est là : la « *société* » me donne-t-elle l'équivalent de ce qu'elle me prend, ou ne m'en donne-t-elle qu'une partie à moi et le reste à d'autres à qui elle prend moins qu'à moi ?

Voyons un peu.

————

MON NOVICIAT

—

Avant d'être reçu membre actif de l'association en question, j'ai fait, comme tous les autres, un noviciat de vingt ans.

Mon père était du peuple. Il gagnait quatre francs par jour à faire des roues de voitures.

Nous étions cinq enfants petits, — plus deux grands : le père de maman et la mère de papa.

Total : sept.

Chacun : cinquante-sept centimes par jour. Je n'insiste pas.

Je n'insiste pas non plus sur mon enfance, qui fut la même que celle de tous les « cinquante-sept centimes » de mon espèce. C'est connu : un peu de pain, presque pas de charcuterie; absence totale de linge, — cette moralité du corps, — et d'éducation, — cette moralité de l'âme. — L'A B C à peine pour toute instruction, la pointe du lundi de papa pour tout exemple. — Non pas que papa fût un pochard, le brave homme!... mais tous les anges seraient-ils devenus des anges s'ils avaient fabriqué des roues de voitures?

Sautons à grands pas. A onze ans, plus d'école; de onze à seize, l'apprentissage — (je suis serrurier); — toujours pas plus de linge, toujours pas plus de bons exemples.

A dix-sept ans, l'atelier, quarante sous par jour; à dix-neuf ans, trois francs; à vingt ans, quatre francs, un peu de linge...; papa vieilli.., maman aussi...; mais..., sœurs élevées à peu près, frère aîné grandi.., moi aussi..., un peu d'espoir.

A vingt et un ans, entrée dans la « *société* » en question. Ah! enfin!... me voilà sauvé!... SOCIÉTAIRE!...

Et « *sociétaire* » d'une société puissante, riche, qui a du pain et des vêtements pour tous les travailleurs, qui en a même assez pour ceux qui ne peuvent plus travailler!...

Sauvé?... Oui, vous allez voir.

Premier apport du nouveau « *sociétaire* » à la « *société* » : cinq ans de régiment, cinq ans de perdus pour le travail. C'est raide!... Mais il faut bien la défendre, cette « société » qui, à son tour, va vous couvrir pendant toute votre vie d'une protection maternelle.

Ce n'est que juste. Alignons nos cinq ans.

Vingt-six ans : retour à la serrurerie. Travail assidu, bonne santé, bonne conduite; cinq francs par jour.

Vingt-sept ans, marié, père de famille; cinq francs par jour.

Vingt-huit ans : deux enfants; cinq francs par jour.

Vingt-neuf ans, trois enfants ; cinq francs par jour.

Trente-deux ans, cinq enfants, papa infirme, maman malade; cinq francs par jour.

Ah!... nous voilà redevenus tout juste des « *cinquante-sept centimes* », comme il y a quinze ans.

Il est vrai que la vie est beaucoup plus chère.

Oui, mais...., attendez.... Je suis « SOCIÉTAIRE !.. » N'oublions pas que je suis « *sociétaire* » de cette grande « *société* » à laquelle j'ai déjà donné cinq ans de ma plus belle jeunesse et qui va me rendre cela avec un très bel intérêt, à moi et aux miens.

Car elle est devenue excessivement
à son aise pendant que je me battais
pour elle, MA société!... Le réseau
de ses chemins de fer, de ses canaux
et de ses grandes routes a doublé;
son commerce et son agriculture ont
pris un essor considérable, le rendement de ses impôts augmente à vue
d'œil, sa rente a fait hier 128.76.

Quelle chance j'ai, hein!... d'être
membre d'une « *société* » pareille!...

———

LE NOVICIAT D'UN AUTRE

—

Mais j'y songe. J'ai presque l'air de me plaindre avec ironie de « MA *société*. » J'ai peut-être tort, en somme. On n'a le droit de se plaindre que lorsque l'on est plus maltraité que ses semblables.

Et si cette « *société* » est dans l'impossibilité de faire davantage, si elle ne fait pas plus pour d'autres que pour moi, de quoi me plaindrais-je ?

J'ai raconté mon noviciat ; voyons donc, avant de récriminer, celui d'un de mes cosociétaires.

Il est né de parents riches ou aisés.
Il était fils unique, — ces gens-là font
moins d'enfants que le peuple, parce
qu'ils ont l'ennui de se dire, quand leurs
femmes sont grosses pour la seconde
fois : « *Les pièces de cent sous ne vont plus
en valoir que cinquante* », et que dans le
peuple on n'a pas l'appréhension de
savoir combien fera zéro divisé par
quatre, cinq ou six.

Mon petit conovice a donc toujours eu à discrétion du pain et de
la viande. Il a eu du linge propre,
qui rend plus sain; de l'éducation, qui
rend meilleur. Il a appris toutes sortes
de choses jusqu'à vingt ans. Il n'a pas
vu son père se griser, parce que dans

ce monde-là ça se voit moins, c'est-à-
dire : on ne le voit pas.

Et à vingt et un ans, — bien por-
tant, bien soigné, le gousset garni,
l'esprit meublé, — il est devenu, comme
moi, « SOCIÉTAIRE ».

———

LE SOCIÉTARIAT DU MÊME AUTRE

—

De même que moi, il a fait à la
« *société* » son premier apport ; seulement, au lieu de cinq ans de régiment, comme il était instruit, qu'il
avait pu se préparer et que son père
avait quinze cents francs qui ne faisaient
rien, il a fait comme les quinze cents
francs de son père, pendant un an à
peine, dans les bureaux d'un état-major.

Ça s'appelle le volontariat.

A vingt-deux ans, retour à la maison paternelle, bons biftecks, linge

fin, professeur de toutes sortes de choses.

De vingt-deux à vingt-sept ans, célibat émaillé d'amours peu encombrantes, suivant les prescriptions paternelles, — car la morale bourgeoise, on le sait, a de ces... facilités, — préparation à une carrière dite honorable, trois cents francs par mois du papa, bons conseils bourgeois, soins de la barbe, belles connaissances, protections, entrée dans une administration, trois mille six cents francs d'appointements, pas grand'chose à faire.

A vingt-huit ans, mariage : jeune héritière ; augmentation de traitement, diminution de besogne.

A vingt-neuf ans, un enfant, — tout petit ; — appointements, revenus et fortune de madame combinés : douze mille francs.

A trente ans, toujours qu'un enfant ; revenus, quinze mille francs.

A trente-deux ans, toujours qu'un enfant ; revenus augmentés d'un héritage d'oncle : vingt mille francs.

. . . .

. . . .

Ce « sociétaire » et moi, nous sommes tous deux membres de la même « société. »

———————

INTERRUPTION D'UN TROISIÈME SOCIÉTAIRE QUI PARAIT PLUS SATISFAIT DE SES DIVIDENDES

—

— Ah! çà, mon ami, où voulez-vous en venir avec ce rapprochement obstiné des vingt mille francs de rente de votre cosociétaire et vos cinquante-sept centimes?

Auriez-vous la prétention d'empêcher qu'il y ait des gens plus riches que d'autres?

Prétendriez-vous que la société, — comme vous dites, — soit tenue de vous verser chaque matin les dix-sept francs soixante-neuf centimes qui forment l'écart entre les revenus quotidiens de votre coactionnaire et les vôtres?

Ce serait singulièrement hardi.

Votre cosociétaire paye ses impôts comme vous. S'il est plus riche, ou plus instruit, ou plus heureux, ou plus capable que vous, c'est tant mieux pour lui; vous ne pouvez pourtant pas penser à exiger de la société qu'elle nivelle le bonheur de tous à votre profit?

D'ailleurs, est-ce que vos droits sociaux ne sont pas égaux aux siens? Est-ce que vous n'avez pas le droit de travailler et de vous enrichir aussi?

Est-ce que vous ne pouviez pas, comme lui, demander la main de la jeune personne riche qu'il a épousée et la place qu'il a obtenue? Est-ce que vous n'aviez pas, comme lui, le droit d'hériter d'un oncle?

La loi est égale pour tous, vous le savez bien. Ce que chacun acquiert de bien-être et de fortune lui est garanti. Travaillez, économisez, héritez, arrivez..., c'est votre droit; personne n'y fait obstacle.

Et pour répondre à cette toquade malsaine qui semble vous être chère, je vous dis, moi, que, — comme tout le monde, — VOUS AVEZ VOTRE COMPTE !...

MA RÉPONSE

AU TROISIÈME SOCIÉTAIRE SATISFAIT

—

Pardon, mon associé, vous me comprenez mal ou je ne m'explique pas bien.

J'ai dit en haut de ces feuillets :

« Ceci n'est pas un livre de politique, c'est un livre d'affaires. »

Vous paraissez croire que c'est « un livre d'envie, » vous n'y êtes pas du tout.

Je n'ai en aucune façon l'intention, — qui serait absurde, — de demander

à ma — à notre — « société » autre
chose que ce qu'elle me doit, puisqu'elle me l'a garanti par contrat,
c'est-à-dire l'équivalent de ce que je
lui donne en travail et en devoir
accompli.

Le rapprochement que j'ai été conduit à faire entre le noviciat d'un :
vingt mille francs de rentes et celui
d'un : « cinquante-sept centimes » par
jour a tout simplement pour but
d'examiner si la société qui nous a
reçus tous les deux le même jour dans
son sein nous a donné à tous deux,
— non pas les mêmes avantages
matériels, immédiats (elle ne le peut
pas, comme vous dites), — m⸜

les mêmes moyens de les acquérir; en un mot, si elle nous a placés tous deux en ligne sur le pied d'égalité, après nous avoir fourni à tous deux les mêmes outils et les mêmes armes : les mêmes outils pour la servir selon nos moyens, les mêmes armes pour nous défendre contre les dangers et les défaillances morales.

Ces outils et ces armes, vous comprenez très bien, n'est-ce pas, que ce sont l'instruction et la liberté?

Vous me dites que la loi est égale pour tous. Et si je vous prouve qu'il n'en est rien?

Vous ajoutez que mon cosociétaire paye ses impôts comme moi. Et si je vous prouve que j'en paye cinq fois plus que lui?

Vous prétendez encore que ce que chacun acquiert par son travail lui est intégralement garanti par la société. Et si je vous prouve que la plus grosse partie du mien s'en va engraisser ceux de mes coassociés qui ne font rien?...

Si je vous prouve tout cela, me direz-vous encore que J'AI MON COMPTE?

Nous allons essayer.

L'IMPOT DU SANG

—

J'ai établi plus haut que le sociétaire fortuné ne donne pas à la société, comme soldat, le quart du temps qu'est obligé de donner le sociétaire pauvre.

Rien que ce fait constituerait déjà celui-ci la dupe de celui-là, puisque sur une moyenne de travail et de production que nous fixerons à trente années, si vous voulez, le riche s'entire avec un trentième de son temps et que le pauvre est taxé au sixième de ce même temps.

Mais admettons que tous deux donnent un temps égal au service militaire : où serait encore l'égalité ?

En allant se battre et se faire tuer pour son pays, le riche ne fait qu'une chose toute naturelle : défendre son bien ; il défend un sol que lui seul possède et possédera toujours, une indépendance dont seul il profite, des jouissances matérielles que seul il savoure.

Le pauvre, lui, que défend-il ? Il n'a et ne peut espérer jamais ni sol, ni indépendance, ni jouissances.

Au riche, l'étranger peut tout prendre ; au pauvre, rien.

L'étranger peut réduire le riche à

l'esclavage en le forçant à travailler, après l'avoir dépouillé.

L'étranger ne peut rien contre celui qui n'a que son travail.

Quelle que soit la condition d'un peuple, il faudra toujours cultiver la terre pour manger, faire des vêtements pour s'habiller et des maisons pour s'abriter.

Et il faudra, naturellement, toujours nourrir ceux qui feront tout cela.

Peuvent-ils être plus mal nourris qu'ils ne le sont ? Non. Peuvent-ils être plus maltraités qu'ils ne le sont ? Non. Donc, rien à perdre pour eux ni en dignité ni en bien-être.

Notez que je ne parle pas seulement pour les « *cinquante-sept centimes* » français, je parle pour les « *cinquante-sept centimes* » de tous les pays, car tous les « *cinquante-sept centimes* » sont frères.

Donc, l'impôt du sang, — le plus dur, le plus lourd, — est injustement réparti, ou, pour m'expliquer plus clairement, — et cela revient exactement au même, — il est égal pour tous, si vous voulez, mais il rapporte tout aux uns et rien aux autres.

Et là, je suis forcé de conclure : NON, JE N'AI PAS MON COMPTE.

———

3

INDIGNATION DU TROISIÈME ACTIONNAIRE

PLUS CONTENT

—

— Malheureux !... que viens-tu de
dire là ?... Et le patriotisme, qu'en
fais-tu ?... Mais ton raisonnement est
infâme !... Mais ton livre est dissol-
vant !..

As-tu songé, misérable ! que le jour
où le peuple, sous prétexte qu'il
souffre et qu'il ne peut pas souffrir
davantage, arracherait de son cœur
l'amour sacré de la patrie, c'en serait
fait de son pays ?

Mais, traître ! tu ne vois donc pas que tes lignes odieuses ne sont autre chose qu'un appel à l'étranger ?

MA RÉPONSE AU TROISIÈME ACTIONNAIRE
PLUS CONTENT

—

—Mais non, bonne bête ! ce n'est pas un appel à l'étranger, c'est un appel à la justice.

Bien mieux, c'est un appel à la raison.

Car c'est toi, — tu n'as pas l'air de t'en douter, — c'est toi qui travailles à le tuer dans le cœur du peuple, ton fameux patriotisme, ton fameux amour sacré de la patrie.

Il existe, il a toujours existé, ar-

dent, farouche, dans le cœur du pauvre, plus ardent et plus farouche que
dans le cœur du riche, mille preuves
l'attestent.

Mais moi, je soutiens que toi et
tes pareils vous le tuerez, parce que
les hommes ne sont, en somme, que
des hommes, parce qu'il est impossible que le sentiment du sacrifice à
la chose publique résiste éternelle-
ment, dans le cœur d'un *« sociétaire »*
lésé, à cette conviction qu'il se fera
un jour ou l'autre : NON, JE N'AI PAS
MON COMPTE.

Sois bien sûr, ô mon cosociétaire
satisfait! que si depuis tant de siècles
les peuples tenus en esclavage, en

tutelle et en misère par leurs exploi-
teurs, ont cependant donné sans
compter tout leur sang pour ce que
ceux-ci leur disaient être la patrie,
c'est que ces peuples n'ont encore
jamais sérieusement pensé à se poser
cette question terrible qui fera un
jour crouler tout le passé : Ai-je mon
compte ?

On a pu pendant des siècles, on
pourra peut-être encore pendant quelque temps (pas beaucoup, je crois)
exploiter ce ferment de dévouement
qui est dans le cœur du peuple, en
lui faisant accroire que la patrie est
pour lui cette chose sans nom qui le
meurtrit, le déshérite et le maintient

de génération en génération le tribu-
taire et l'esclave d'une classe privilégiée.

Mais il faut que vienne le jour où
les martyrs répondront aux bourreaux :

— Ça..., ma patrie !... dites la
vôtre ! .. Est-ce qu'elle peut être ma
mère, cette société qui me condamne
à l'abjection et à la servitude ?... Moi...
le fils de cette société qui me marty-
rise et m'avilit !... moi, votre frère !...
moi que vous parquez de père en
fils dans les bas-fonds de la misère
sans espoir et de l'esclavage sans relè-
vement possible !... Allons donc !... Je
ne suis pas son fils !... Je ne suis pas
votre frère !... Je suis un « *cinquante-
sept centimes* », voilà tout.

Eh bien, le jour où le peuple, qui a toujours travaillé pour les autres, combattu pour les autres, et qui est toujours mort pour les autres, se sera dit cela, sera la veille de celui où il ne voudra plus travailler que pour lui, combattre que pour lui et mourir que pour lui.

— Alors, son patriotisme sera mort, dites-vous. — Pas du tout; il en aura un autre : le bon.

Le patriotisme basé sur la solidarité réelle, sur l'égalité des charges et des droits.

Car il faut y revenir sans cesse : sur terre, pas de dévouement sans réciprocité. Une des parties peut être dupe d'un contrat léonin pendant cent ans, mille ans, mille siècles; mais il faut toujours que l'éternelle question humaine se dresse : AI-JE MON COMPTE?

Plus de temps l'exploité a payé sans vérifier, plus de temps il a mis à s'apercevoir qu'il était volé, plus la question se pose irritée et pressante, plus il apporte d'ardeur à l'étudier et d'impatience à la résoudre.

Je l'ai dit : ce livre est un livre d'affaires; donc, je parle affaires. Je compte, je pèse, je mesure, je divise, je multiplie, je contrôle.

Je vérifie les additions que je n'avais pas encore eu l'idée de vérifier; c'était un tort.

3.

Je veux absolument savoir si j'ai
mon compte, si la société anonyme
qui m'a embauché, — un peu de
force, — me donne réellement ce
qu'elle me doit en échange de ce
qu'elle me prend, ou si elle me
trompe, m'exploite et se moque de
moi par-dessus le marché.

La première partie de cet examen
m'a procuré la triste preuve que je
suis déjà pas mal escroqué au chapitre de l'impôt du sang.

Voyons les autres.

———————

AH! ENCORE UN MOT A PROPOS DE L'IMPOT
DU SANG

—

Mon père est Lorrain; il tient, — ou plutôt il tenait, — de mon grand-père une petite masure dans un village des environs de Metz.

La petite masure valait quatre cents francs environ.

Lors de la guerre, elle a été détruite, se trouvant naturellement beaucoup plus que les maisons de Perpignan sur le passage des Prussiens. Qu'a fait la « *société* » après la guerre, cette société qui demande à chacun un sacrifice égal de sa vie et promet à tous, en échange, une protection égale ?

Ce qu'elle a fait?... c'est bien simple, dites-vous. Elle a pris à sa charge les quatre cents francs de la masure détruite et les a fait payer par tous les membres de la société.

Pas le moins du monde.

C'est bien, en effet, ce que l'on a le droit d'attendre de toute association loyale et reposant vraiment sur le principe de la solidarité entière.

Il est bien évident que les contrées qui se trouvent sur la lisière du pays seront toujours ravagées les premières par les invasions. Or, étant fatalement condamnées à supporter toujours le choc au profit de l'association, dont beaucoup de membres sont hors d'atteinte de l'ennemi, ces contrées doivent être indemnisées, aux frais de la masse intéressée, de tous les ravages qu'elles subissent pour la défense commune.

Sans cela, votre prétendue association n'est qu'un vain mot, puisqu'elle n'associe personne et qu'elle endure que les uns, — toujours les mêmes, — soient constamment ruinés au profit des autres.

Eh bien, voilà ce que la société a fait pour la masure de mon père, ainsi, d'ailleurs, que pour toutes celles dans le même cas.

Elle a voté une somme de ..... je ne me rappelle plus au juste, on a réparti cette somme, et mon père a eu trente-deux francs soixante; il a donc perdu 367 fr. 40.

Quant aux « *sociétaires* » qui ont leur domicile et leurs biens à Perpignan, — biens et domicile que les sociétaires de l'Est ont contribué à défendre, comme la porte du rez-de-chaussée d'une maison défend même les locataires du sixième étage,—l'invasion ne leur a rien coûté du tout.

Fermons cette parenthèse,

Mais non sans nous demander ce

que mon père, — actionnaire partici-
pant toujours et ne bénéficiant jamais,
— pourrait se répondre si l'idée lui
venait, comme elle m'est venue, de
se demander un matin : AI-JE MON
COMPTE ?

LES IMPÔTS EN ARGENT

—

Je ne suis pas un économiste, mais j'ai lu partout, comme tout le monde, que « L'IMPÔT EST UNE CHARGE PUBLIQUE SUPPORTÉE PAR LES CITOYENS POUR LES BESOINS DE L'ÉTAT. » Cette définition, absolument claire et logique, me suffit, et je n'ai pas besoin d'en savoir beaucoup plus long pour ce que j'ai à dire.

Partant de ce principe et acceptant comme vrai :

1º Que l'argent que l'on me demande est mis dans un grand sac commun ;

2° Que ce grand sac commun n'a pas de trous par lesquels puisse filer mon argent;

3° Que cet argent est bien employé pour les besoins de l'État, qui sont naturellement mes besoins à moi,

Il ne me reste plus qu'à examiner si on ne me fait pas mettre dans le grand sac plus d'argent que l'on n'en fait mettre aux autres, ou si l'on ne satisfait pas les besoins des autres plus que les miens, ce qui revient au même.

Il y a trois systèmes d'impôt : l'impôt fixe, l'impôt proportionnel, l'impôt progressif.

L'impôt fixe, c'est-à-dire le même impôt pour tous les objets de même nature, quelle qu'en soit la valeur; exemple : dix francs par an pour un roquet de quinze sous et dix francs par an pour un terre-neuve de cinq cents francs.

L'impôt proportionnel, c'est-à-dire l'impôt perçu en proportion de l'importance de la valeur imposée ; exemple : un franc sur cent francs, deux francs sur deux cents francs, etc.

L'impôt progressif, c'est-à-dire celui dont la quotité augmente en même temps que l'importance de la chose imposée.

Exemple :

Sur   3,000fr.de revenu, 1%, soit   30f.

»   6,000   »   2%, »   120»

»   10,000   »   3%, »   300»

» 100,000   »   20%, » 20,000»

Ce dernier système, — qui d'ailleurs n'est pas adopté, mais que certaines gens réclament, — fait pousser les hauts cris à beaucoup d'autres.

Ceux-ci admettent volontiers l'impôt proportionnel, mais l'impôt progressif leur paraît un vol abominable.

— Je trouve très juste, nous dit l'un d'eux, que l'on me fasse payer l'impôt en proportion de ma fortune : j'ai 1,000 francs, je donne 1 franc; j'ai 100,000 francs, je donne 100 francs; c'est logique; mais de quel droit pré-

tendriez-vous me dépouiller d'une plus
grosse partie de mon avoir parce que
cet avoir est plus gros ?... Comment !
sur les dix premiers mille francs que
j'aurai gagnés, vous me prendrez dix
francs, et sur les dix seconds, qui
m'auront donné autant de mal à gagner que les dix premiers, vous me
prendrez cinquante francs ?... Et si
j'arrive à gagner un million de rente, avec votre système vous m'en
prendrez le quart ?... C'est absurde et
c'est canaille !... Je dois être libre de
gagner autant d'argent que mes capa-
cités et mon courage me le permet-
tent, et vous ne pouvez me forcer
à donner aux autres qui produisent

moins que moi une partie du fruit de mon travail... Je dois mes impôts comme tout le monde, mais pas davantage. J'ai beau avoir un million de revenu, je n'use pas plus les routes et ne vois pas plus clair le soir dans les rues que celui qui gagne trois francs par jour. Chaque citoyen doit contribuer aux frais de la chose publique dont il use et dont il jouit, dans la proportion dont il en use et dont il en jouit. Qu'il soit riche ou pauvre, c'est son affaire et cela ne regarde personne; il paye l'entretien des routes, pour avoir le droit de passer dessus; or, comme un million-naire ne fatigue pas plus le macadam qu'un prolétaire, tous deux doivent entretenir ce macadam en raison de ce qu'ils l'usent. Si vous sortez de là, si vous faites payer ceux qui sont riches pour ceux qui sont pauvres, vous n'êtes plus que des communeux, et alors moi, intelligent et laborieux, je travaillerai tout le temps pour les imbéciles et les fainéants.

Ce raisonnement est un peu dur; mais je conviens qu'il est juste à un point de vue : le point de vue personnel et égoïste.

Or, comme j'ai dit, en commençant, que ce livre n'était point un livre de sentiment, mais un livre d'affaires, je ne puis m'effaroucher

d'entendre les ennemis de l'impôt progressif défendre ce qu'ils croient être
leurs intérêts et me parler affaires.

Il est bien évident qu'en partant
de ce principe que les impôts sont
employés à l'entretien et aux frais de
fonctionnement de la *société*, on
ne peut demander à chaque sociétaire
d'y contribuer qu'en raison de son
usure personnelle.

Mais alors je pourrais peut-être répondre à l'adversaire de l'impôt progressif que son « impôt proportionnel » qu'il accepte est, — au point
de vue du « chacun pour soi », —
tout aussi absurde que le serait l'impôt
progressif qui le fait bondir.

En effet, si nous devons payer l'entretien de la machine sociale en raison de ce que nous l'usons, pourquoi un sociétaire qui possède cent mille francs de revenu et qui ne marche sur la route qu'avec deux pieds, comme le plus humble des « *cinquante-sept centimes* », payerait-il plus que moi pour le pavage de cette route commune qui m'appartient aussi bien qu'à lui ?

Pourquoi ce millionnaire payerait-il plus que moi pour l'entretien des musées, dont il ne peut regarder les tableaux avec un œil de plus que moi ?

Pourquoi, puisque l'impôt est reconnu devoir rendre en bien-être, en commodités et en agréments ce qu'il coûte à chaque sociétaire, s'inquiéter de ce que mon voisin possède, quand on ne devrait s'occuper que de ce qu'il use dans la machine commune ?

Lui aussi pourrait s'écrier comme moi :

— Mais je n'ai pas mon compte!... Je n'use votre machine que pour six francs et vous m'en faites payer douze!...

Il aurait raison, et il pourrait même ajouter :

— Votre budget est de trois milliards environ, nous sommes trente-six millions de sociétaires, ça fait 83 francs

33 centimes par tête. Voilà mes
83 francs 33 centimes ; demandez
autant à tout le monde ; ça fera le
compte. Je ne dois rien aux autres.

L'impôt proportionnel n'est donc
pas plus légitime en principe que ne
le serait l'impôt progressif, puisque le
voilà atteint et convaincu de socialisme.

Car, il n'y a pas à dire : du moment où vous décidez que les riches
payeront plus que les pauvres pour
l'entretien d'une chose commune de
laquelle riches et pauvres ont le droit
de se servir également, vous faites du
socialisme.

Ce n'est plus qu'une question de

plus ou de moins; mais le principe
du « chacun pour soi » est entamé.

Conclusion : l'impôt progressif ne
serait pas plus arbitraire que l'impôt
proportionnel. Il pousserait l'idée de
solidarité un peu plus loin et se rap-
procherait davantage de la fraternité,
voilà tout.

Quant à leur principe à tous deux,
il est le même :

J'ai écrit tout à l'heure le mot *fra-*
ternité; je le regrette, parce que je
m'étais bien promis d'écarter de ces
pages tout accès de sensiblerie et de
ne donner à ce livre que le caractère
d'une vérification par un sociétaire des
comptes que lui fournit sa « SOCIÉTÉ. »

Mais j'espère me rattraper plus loin en ramenant ce mot de « fraternité », ainsi que tous autres vocables sentimentaux qui pourraient m'échapper, à l'idée « AFFAIRES », la seule qui m'occupe, et établir qu'en somme tous ces mots tendres se confondent dans cette seule idée pratique, puisque la « société » a pour but l'exploitation non seulement des forces matérielles de tous les sociétaires, mais encore de leurs forces intellectuelles et morales. Je crois qu'ainsi il ne me sera pas difficile de prouver qu'en rendant les « sociétaires » plus humains et plus justes, la « SOCIÉTÉ » ne ferait, en somme, que préparer de meilleures « AFFAIRES » pour elle.

Autre réponse aux gens qu'affole l'idée d'un impôt progressif et qui le jugent spoliateur :

Une chose de laquelle ils n'ont pas l'air de se douter, c'est que cet impôt progressif existe déjà dans un coin de notre budget et qu'il fonctionne très bien. Exemple :

J'hérite de mon père, je paye à la « SOCIÉTÉ » un droit de succession de un pour cent.

J'hérite d'un oncle, je paye trois pour cent.

J'hérite d'un parent plus éloigné, je paye cinq pour cent.

J'hérite d'un collatéral plus éloigné encore, je paye sept pour cent.

4.

Cela va comme ça jusqu'à NEUF POUR
CENT; avec les demi-décime, décime
et double décime, ONZE POUR CENT.

Si l'on admet que chaque « sociétaire » ne doit, sous forme d'impôt,
que l'équivalent de sa part d'usure de
la machine sociale, le droit de succession exorbitant dont nous venons
de parler n'est plus qu'un vol effronté.

Car vous me prenez 11,000 francs
sur les 100,000 francs dont j'hérite
d'un arrière-petit-cousin, et, certes, je
n'use pas votre machine sociale, vos
routes, vos musées, etc., etc., pour un
sou de plus que celui qui n'a pas
hérité de 100,000 francs.

Notez bien que je ne m'élève pas

contre l'impôt sur les héritages; il est peut-être celui qui prête le moins à la critique.

Je veux seulement constater que cet impôt est proportionnel et progressif, et que le principe de la progression, — qui effarouche tant de gens, — est absolument admis là sans que ces mêmes gens s'en offusquent.

Je soutiens, de plus, qu'un impôt pareil, un impôt qui prend à chaque mutation plus du dixième de la propriété particulière, et qui le prend sans rime ni raison, perd son nom d'impôt et devient en réalité un partage forcé avec l'héritier.

La « *société* » dit au sociétaire :

— Tu hérites de 100,000 francs, tu vas m'en donner onze mille.

On sent très bien que, du moment où la « *société* » prend à un particulier onze pour cent de sa fortune, il n'y a plus guère de raison pour qu'elle ne lui en prenne quinze, vingt ou trente, selon qu'elle l'aura jugé bon et utile.

Donc, l'impôt progressif n'est pas plus illégitime que l'impôt proportionnel.

D'ailleurs, il ne peut rien y avoir d'illégitime dans une mesure, quelle qu'elle soit, prise par le plus grand nombre dans l'intérêt de tous.

RÉSUMÉ DU RAISONNEMENT PRÉCÉDENT SUR L'IMPÔT

—

Comme nous venons de le voir, la répartition des charges publiques, — c'est-à-dire l'impôt, — ne peut avoir pour base que l'un des deux principes suivants :

Chacun pour soi

Ou

Chacun pour tous.

Si nous adoptons le premier, *chacun pour soi*, cela veut dire que chaque sociétaire, — quelle que soit sa for-

tune, —- ne doit l'impôt qu'en raison
de son usure de la machine commune;
que l'on ne peut l'obliger à aider ses
cosociétaires ; conséquence : l'impôt
fixe et unique, le budget de 3 milliards divisé par 36 millions de sociétaires, soit 83 francs 33 centimes par
tête, et que chacun se débrouille!...

Si nous adoptons le second, *chacun
pour tous*, cela veut dire que nous nous
reconnaissons en famille ; que chaque
sociétaire veut contribuer au développement de la chose commune en raison
de ses moyens; qu'il s'occupe moins de
sa prospérité à lui que de la prospérité
publique; qu'il se considère comme
solidaire de tous, pour que tous se

considèrent comme solidaires de lui.
Conséquence : l'impôt progressif.

Voyons maintenant les deux systèmes.

———————

CHACUN POUR TOUS.

—

Si vous acceptez le principe *chacun pour tous*, avec toutes ses conséquences, personne n'a plus rien à réclamer.

Nous sommes bien alors la « *société* » que vous me dites, société qui a le droit d'exiger de moi un dévouement sans bornes puisqu'elle me donne une protection sans réserve.

Dans ce cas, J'AI MON COMPTE.

CHACUN POUR SOI

—

Mais si vous prétendez partir du principe *chacun pour soi*, c'est-à-dire me laisser, jusqu'à l'âge viril, naître comme je peux, manger comme je peux, m'instruire comme je peux, et, — après n'avoir rien fait pour moi pendant vingt ans ni pour mon développement physique ni pour mon développement moral, — venir me dire :

— Là..., maintenant, mon garçon..., te voilà « *sociétaire* »; prends ce fusil et défends ta mère !...

5

Oh! alors, c'est une autre histoire!...
Et moi je vous réponds :

— Pardon!...quelle mère?... La « société?... » Mais je ne la connais pas,
votre « *société.* » Si vous aviez vraiment
l'intention de faire de moi un « *sociétaire* », il fallait au moins me préparer
à le devenir. Vous le faites bien pour
les cochons!... Avant de les tuer, vous
avez le soin de les engraisser; moi,
vous me laissez pâtir pendant vingt ans
et, au bout de vingt ans, vous voulez
me tuer à votre profit!... C'est raide!...

Je suis né sans un lange; j'ai com-
mencé par ne pas teter mon soûl, parce
que ma mère était malade de misère :
vous ne vous en êtes pas occupés. J'ai

poussé comme j'ai pu, — droit, c'est un hasard,—sans nourriture suffisante, sans abri suffisant : vous ne vous en êtes pas occupés. J'ai grandi au milieu de la vermine matérielle, qui atrophie le corps, et de la vermine morale, qui corrompt l'esprit : vous ne vous en êtes pas occupés. J'ai à peine appris à lire, vous ne vous en êtes pas occupés. Bref, je m'en suis tiré tant bien que mal,—mal surtout, — mais sans vous, et aujourd'hui vous vous occupez de moi pour la première fois, et c'est pour me dire : Paye ta dette à la patrie, à la « société. »

Quelle dette ?... quelle patrie ?... quelle société?... Mais je ne vous dois rien du tout!... « *Chacun pour soi,* » avez vous dit... Soit!... Ce n'est pas moi qui ai rédigé le contrat. Je ne possède rien et ne pourrai jamais rien posséder, je n'ai donc rien à défendre. Vous, vous avez quelque chose, défendez-le : *chacun pour soi.*

Votre principe ne peut pas signifier, selon votre bon plaisir, « *chacun pour soi* » quand il s'agit des avantages à tirer de l'association, et « *les autres pour nous* » quand il s'agit des charges à partager. Chacun pour soi!... vous l'avez dit, vous l'avez voulu ; mais alors, ne venez pas me demander mon sang pour défendre vos biens et vos privilèges. Donnez le vôtre.

Ah ! je sais bien que vous ne me lais-

sez pas le choix : vous me faites sociétaire malgré moi, contribuable malgré
moi, soldat malgré moi.— Soit !... mais
alors vous ne m'empêcherez pas de
vous crier : Vous êtes des filous !... JE
N'AI PAS MON COMPTE !...

Et ces pages n'ont pas d'autre but
que de le faire crier aux autres après
l'avoir crié moi-même.

———

UN AUTRE SYSTÈME D'IMPÔT RÊVÉ
PAR DE BRAVES GENS

Oui, certes, de braves gens..., mais imbéciles.

Nous l'avons tous vu poindre de temps en temps dans des journaux et dans des écrits quelconques, ce système désolant.

Il s'agirait d'établir un impôt unique sur le revenu ou sur le capital et d'en exonérer complètement la classe

des travailleurs, la classe des « *cinquante-
sept centimes.* »

Ces gens, bien intentionnés, mais
au sens civique complètement bouché,
se tiennent le raisonnement suivant :

Tout « *sociétaire* » dont le travail
ne suffit qu'à l'empêcher de mourir de
faim ne doit pas d'impôt ; on ne payera
de contributions qu'à partir d'un revenu de... tant.

Mais, malheureux!... c'est l'aumône
en grand que vous organisez là!... et
ce n'est pas ça que les « *cinquante-sept
centimes* » vous demandent, entendez-
vous bien?..

Les « *cinquante-sept centimes* » ne
veulent pas être inscrits en masse à

votre bureau de bienfaisance dirigeant.
Ils veulent être « *sociétaires* »; ils veulent payer leur part des chemins qu'ils
usent, de l'instruction qu'ils reçoivent,
des fonctionnaires qu'ils emploient,
des statues et des tableaux qu'ils ad-
mirent, du gaz qui les éclaire, des
fontaines qui les désaltèrent, des dra-
peaux qui les couvrent, des arts qui
les élèvent.

Payer pour eux!... mais de quel
droit?... Ils vous demandent de faire
d'eux des citoyens et non des entre-
tenus; ne pas confondre, s. v. p.

Voyez-vous d'ici cette jolie « *société* »
qui reléguerait les neuf dixièmes de
ses « *sociétaires* » à la condition de

bêtes de somme? Donne ton travail!...
voilà ta pâtée!... nous sommes quittes
et nous ne te demandons pas de payer
ta part de l'entretien de l'étable!...

Mais alors, pourquoi ces braves
gens ne vont-ils pas plus loin?...
Pourquoi ne poussent-ils pas leur système jusqu'à la logique extrême, en
disant :

« Tout homme dont le travail ne
suffit qu'à le faire vivre ne doit aucun impôt, pas même celui du sang. »

Dame!... si nous ne devons rien
pour le caillou des routes, nous ne
devons rien pour la défense du sol.
C'est clair.

De tous les rêveurs d'impôts nouveaux, ceux dont nous venons de nous occuper sont peut-être les mieux intentionnés; mais ils sont assurément, sans le vouloir, les plus cruels et les plus insolents pour le peuple.

Ils croient étouffer dans la gorge du travailleur ce cri : AI-JE MON COMPTE? en l'accablant d'un bienfait humiliant qui le force à dire : *J'ai plus que mon compte!*

Erreur!... et erreur malsaine!... Le « *cinquante-sept centimes* » réclame à la « société » son dû, qui est gros, c'est vrai, mais son dû seulement.

Il dit à la « *société* » :

— Je désirerais bien enfin vérifier un peu NOS livres !...

Il ne s'agit pas de lui répondre :

— Tiens..., mon brave homme..., voilà deux sous que nous ne te devons pas...; laisse-nous tranquilles !...

Parce que le « *cinquante-sept centimes* », têtu et fier, comme ont le droit de l'être ceux qui se croient volés et qui sont honnêtes, vous répliquera toujours, et de plus en plus fort :

— Je ne vous demande pas la charité...; je vous demande MON COMPTE !...

INTERRUPTION IMPATIENTE
DU SOCIÉTAIRE SATISFAIT DE SES
DIVIDENDES

—

Ah! çà..., mais, — que demandez-vous, à la fin, avec votre sempiternel « JE N'AI PAS MON COMPTE!... »

Vous vous plaignez de trop payer.

Vous vous plaignez de ne pas assez recevoir.

Et vous criez!...

On vous offre de recevoir davantage.

On vous offre de ne plus payer du
tout.

Et vous criez encore plus fort!...

Quand vous vous croyez lésé, vous
dites : C'est de la spoliation honteuse.

Quand on veut vous aider, vous
dites : C'est de l'aumône avilissante!...

Jamais content, alors?

———

RÉPONSE DU *« cinquante-sept centimes »*

—

Non jamais content, en effet : jamais content lorsque l'on ne cesse de me traiter comme un gogo que pour me proposer de me traiter comme un mendiant et un parasite.

Je ne veux pas plus être pour vous une dupe qu'une charge. Je veux mon compte, et je vous menace, si vous ne me le donnez pas, de demander la dissolution de votre *« société »* qui me dupe et la constitution d'une autre qui ne me volera pas.

MENUS EXEMPLES ENTRE MILLE DE L'INÉGALITÉ DES CHARGES PUBLIQUES

—

Sur la piquette à trente francs la pièce, sur le vin de luxe à quinze cents francs la barrique, mêmes droits d'octroi. Ai-je mon compte?

—

Un de mes cosociétaires, riche, achète... n'importe quoi pour deux mille francs. Il paye comptant : un timbre de deux sous sur la facture, et il en est quitte pour un impôt qui représente un DEMI-CENTIME par cent francs.

Moi j'achète un objet de onze francs : le timbre de ma facture représente près d'un pour cent, soit un impôt DEUX CENTS FOIS plus fort que celui payé par le riche. Ai-je mon compte?

—

Plus extravagant encore. Un riche achète un mobilier de dix mille francs; il paye de suite. Le fisc, c'est-à-dire la « *société* », ne lui prend rien.

Moi j'achète à crédit une commode de cent francs. Le marchand me fait souscrire dix billets de dix francs chacun, et sur chacun de ces dix billets, le timbre, c'est-à-dire encore la « *société* »,

me prend un sou, soit dix sous.
Pourquoi dix sous sur les cent francs
parce que je ne les ai pas, et rien
du tout sur les dix mille francs du
riche parce qu'il les a? Ai-je mon
compte?

—

Et l'enregistrement?... est-ce assez
inique? V'lan!... un pour cent, et les
décimes, et les frais d'hypothèque, et
les frais de notaire — pour celui qui
est obligé d'emprunter; — pour celui
qui prête, rien... Ai-je mon compte?

—

Et cet imbécile de timbre, déjà
nommé?... Pour un méchant colis de
quatre sous que je reçois par le che-

min de fer, une lettre de voiture tim-
brée à soixante-dix centimes, la même
que pour un chargement valant cinq
ou six cents francs! Ai-je mon
compte?

—

Et si l'on voulait poursuivre ce
dépouillement des impôts, un volume
ne suffirait pas. Partout le gueux
abîmé, écrasé, aplati sous une grêle
de taxes odieuses qui le terrassent,
lui, en effleurant à peine le riche.

Partout ces impôts de consomma-
tion criminels qui prennent au travailleur un quart de son nécessaire,
et au riche presque rien, relativement,
de son superflu.

Car vous avez beau avoir des millions et des millions, il est certaines choses desquelles vous ne pouvez manger ni boire cinq cents fois plus qu'un « cinquante-sept centimes », même en vous donnant tous les jours quatre indigestions.

AUTRE APERÇU QUI VA NOUS MENER
A LA CONCLUSION

—

Je crois avoir établi que, sur aucun point du contrat social, la société ne me donne mon compte.

Je vais maintenant essayer de prouver qu'elle n'a pas le sien non plus.

Seulement, il y a une nuance.

Moi, je n'ai pas mon compte; mais ce n'est pas faute de le réclamer.

Tandis que si la « *société* » n'a pas le sien, c'est parce qu'elle ne sait pas se le faire donner.

Je m'explique :

Quel est le but de toute société?
Évidemment de tirer le plus riche
parti possible de toutes les forces par-
ticulières au profit de la chose commune : par conséquent, de ne laisser
se perdre aucune de ces forces, quelles
qu'elles soient, physiques ou morales ;
de soigner, former, instruire, préparer,
développer chacun des « sociétaires »
de façon à l'amener, dans l'intérêt de
la « *société* », au plus haut degré possible de production spirituelle et matérielle.

Si l'association des hommes n'avait
pas cela pour but, elle n'aurait plus
aucune raison d'être. Si les hommes

ne devaient être, en s'unissant, ni plus
heureux ni plus forts qu'ils ne le
seraient en restant isolés, on ne voit
pas la compensation qu'ils trouve-
raient à l'abandon d'une partie de
leur indépendance et de leurs aises;
c'est incontestable et, — je crois, —
incontesté.

Donc, une « société », — et c'est, je
crois bien, le cas de la mienne, — qui
n'exploite pas, dans l'intérêt commun,
jusqu'au dernier atome des forces par-
ticulières mises à sa disposition par
la masse, est une « société » mal
administrée, une « société » à refaire
radicalement, puisque, dans son incu-
rie, elle trouve le moyen et de mar-

tyriser les « sociétaires » et de se ruiner elle, « société ».

Que fait produire à ses trente-six millions de sociétaires, — en travail, talent et génie, — notre « société » française (pour ne prendre que celle-là dans le tas de ses pareilles)?

Que pourrait-elle leur faire produire?

Tout est là.

Mon opinion est que ce qu'elle « fait produire », relativement à ce qu'elle « pourrait faire produire », est à peu près dans la proportion de 1 à 1,000,000,000, c'est-à-dire presque rien.

Et je crois que ce n'est pas difficile
à démontrer.

Exemple, à l'aide de quelques chif-
fres, le moins possible; mais il en
faut un peu :

A l'heure présente, les 36 millions
de sociétaires français se décompo-
sent ainsi, en nombres ronds :

Sociétaires au-dessous de 20 ans, 13 millions.
—   de 20 à 60,   17   —
—   de 60 et au-dessus,   6   —

Ne nous occupons pas des sociétaires de vingt ans et au-dessus : ils
ont été plus ou moins mal préparés;
ils donnent ce qu'ils donnent; ils
produisent ce qu'ils produisent, la
« société » actuelle n'y peut plus
rien.

Mais les treize millions de « sociétaires » au-dessous de vingt ans, que l'on pourrait plus proprement appeler les treize millions de plants de « sociétaires », ceux qui sont aujourd'hui l'avenir et qui vont devenir dès demain les seules forces vives de la société, c'est de ceux-là qu'il faut parler.

Que fait la « *société* » pour en tirer demain ce « *meilleur parti possible* » dont nous parlions tout à l'heure ?

RIEN !... Rien, puisqu'elle les laisse, comme nous l'avons vu plus haut, pousser seuls, sans appui et sans culture, s'atrophier dans la misère, dans la saleté et dans l'ignorance.

RIEN!... puisqu'elle les laisse, —
quel que soit leur nombre par famille,
— à la charge du père, qui ne peut
travailler que pour un, et à qui la
« *société* » dit : Vous êtes six..., ou
sept, ou huit..., arrangez-vous, ça ne
me regarde pas.

Et maintenant, que devrait-elle faire,
cette « *société* », — dans son propre
intérêt, — pour ces treize millions de
plants de « *sociétaires* » qui vont devenir son plus bel actif?

TOUT!... tout; c'est-à-dire ce que
l'on fait pour tous les plants pos-
sibles : les élever, les diriger, les pro-
téger, les soutenir, les soigner, les
fortifier, les nettoyer, les redresser,

puisqu'ils sont appelés à donner comme fruits à la chose publique la force, le travail, et quelquefois le génie!...

Que produisent-ils, en moyenne, au bout de vingt ans de souffrances et de délaissement, ces 13 millions de plants de « sociétaires » poussés à la diable, privés de tout ce qui pourrait les rendre beaux et forts, et abandonnés à tout ce qui doit fatalement les émacier et les corrompre?

Ils produisent, par génération, à peine un génie, quelques hommes d'élite, deux ou trois savants hors ligne, une demi-douzaine de peintres remarquables, autant d'ingénieurs célébres, une douzaine de médecins illustres, un ou deux inventeurs sérieux, sept ou huit littérateurs de haute volée, trois ou quatre musiciens originaux, à peine un grand poète, deux ou trois orateurs parlant pour dire quelque chose, un ou deux chimistes grand modèle, un économiste pratique par-ci par-là, un grand artiste par hasard, un grand penseur par miracle, etc., etc.

Le reste des treize millions de plants de sociétaires se compose d'un million de médiocres et de douze millions de bêtes de somme.

Qui donc oserait prétendre que, dans ces douze millions de socié-

taires négligés par la « société », il
n'y a pas, en masses, des aptitudes
et des vocations qui n'attendaient que
l'aide et le stimulant pour fournir à
cette « société », coupable de suicide
en n'y songeant pas, des milliers et
des milliers de sujets précieux qui
viendraient à leur heure centupler
mille fois la fortune et la force
sociales?

Que de jeunes cerveaux superbes,
que d'organisations puissantes, que
d'imaginations ardentes, que de mains
habiles, que d'esprits supérieurs, que
d'aptitudes exceptionnelles, que de
vocations merveilleuses! en un mot,
que de talents, de mérites, de génies

condamnés à l'inaction, à l'obscurité, à l'improduction par le manque de culture !...

La « société » a, par centaines peut-être, des enfants qui lui découvriraient un jour la direction des aérostats. Elle en laisse faire des charretiers.

Elle possède certainement en nombre égal de grands ingénieurs en herbe qui lui perceraient toutes sortes de choses utiles ; des pousses de stratégistes immenses qui un beau jour sauveraient leur pays en une journée ; des graines de Michel-Ange, de Rubens, de Beethoven et de Hugo qui illustreraient leur patrie ; des semis de Cuvier, de Jacquard, de Papin et d'Edison qui transformeraient l'économie humanitaire... Elle a de tout cela sous la main, — et en grande quantité, — et elle en laisse faire des terrassiers, des balayeurs, des rouliers, des marchands de contremarques et des notaires!...

Et vous appelez ça une « *société* » allons donc!... c'est une cambuse, une réunion d'incapables et d'endormis qui ne savent tirer parti de rien, qui ont sous la main de quoi se constituer des trésors immenses et qui en tirent quinze sous.

Vous voyez bien que cette « société » est doublement condamnable, puisque non seulement elle ne me donne pas

mon compte, à moi, mais encore
elle ne sait pas se faire donner le
sien, — qui est le mien aussi, qui
est le nôtre à tous, naturellement?

Et comment voulez-vous qu'après
y avoir réfléchi quelque peu je ne
renie pas cette marâtre qui prétend
être ma mère, cette pétaudière d'injustice et d'incapacité qui prétend être
une « société? »

———

MON TROISIÈME COSOCIÉTAIRE
PLUS CONTENT DE SON DIVIDENDE
RÉINTERVIENT

—

Ah! çà... mais... c'est insensé!... Et pour la vingtième fois, je vous demande, citoyen Gervais Martial, où vous voulez en venir?

Alors, selon vous, la « société », comme vous dites, est responsable des petits prodiges qui avortent, des semis de savants qui ne lèvent pas, des plants d'hommes supérieurs qui

ne produisent rien et des embryons
de génie qui n'aboutissent pas?...

C'est commode!...

Que prétendez-vous donc demander
à la société pour toutes ces graines
infécondes?

Caresseriez-vous, par hasard, ce
rêve que la société s'en aille, chaque
matin et dans chaque famille, s'en-
quérir des vocations qui ont pu naître
la nuit chez tous les enfants et qu'im-
médiatement elle se charge, à ses
risques et périls, de développer ces
vocations... douteuses?

———————

MA RÉPONSE A MON COSOCIÉTAIRE PLUS
CONTENT DE SON DIVIDENDE

—

Précisément!... aimable associé, je caresse ce rêve, je le caresse même beaucoup plus en grand que vous ne semblez vous en douter, et ce premier *cahier du peuple* n'a pas été écrit pour un autre motif.

Je prétends que la « *société* » doit s'occuper de ses « *sociétaires* » dès leur naissance, — surtout dès leur naissance.

Je prétends qu'elle a le devoir de veiller à ce qu'ils deviennent le plus forts, le plus instruits, le plus adroits, le plus intelligents, le plus beaux possible.

Et notez-le bien, car je ne saurais trop insister à cet égard, j'écarte ici toute idée sentimentale de charité, de fraternité, etc., etc.

Je l'ai dit et répété : Dans ce livre, je ne parle qu'AFFAIRES.

C'est même pourquoi je me rectifie séance tenante :

J'ai dit tout à l'heure : « *La société a le devoir de...* »; il faut lire ici : « *La société a le droit de...* » C'est plus exact, car c'est uniquement au point de vue du rendement à la chose publique que je plaide, en ces lignes, l'intervention de la « *société* » dans l'élevage (je dis *élevage* exprès) de ses futurs « *sociétaires.* »

Donc, sans aller par plus de détours et sans prendre davantage de précautions, je demande, moi, misérable « *cinquante-sept centimes* », élevé par un « *cinquante-sept centimes* » et condamné fatalement, si ça continue, à n'élever que des « *cinquante-sept centimes* » qui, à leur tour, ne pourront jamais perpétuer que des « *cinquante-sept centimes* », je demande que tous les enfants, riches ou pauvres, soient élevés, nourris, instruits et outillés

7

aux frais de la « société » dont ils doivent devenir la force, la richesse et l'honneur.

Je demande que tout ce qu'il peut y avoir d'aptitudes quelconques chez chaque enfant, — riche ou pauvre, — soit développé avec soin par cette « société », dont l'intérêt suprême est de faire contribuer à sa prospérité et à sa grandeur tous ses membres sans exception.

Je demande que tous les enfants, — RICHES ou PAUVRES, — soient pris à charge par la « *société* », parce qu'il ne s'agit ici ni de secours, ni d'aumône, ni de mendicité, mais bien d'une dette de la « société » envers elle-même, et qu'une dette semblable ne permet pas de créer de catégories d'assistés.

Je demande enfin que chaque enfant soit mis par la « société », depuis sa naissance jusqu'à sa majorité, en pleine possession de tout ce qui peut contribuer à faire de lui l'homme le plus complet, c'est-à-dire le « sociétaire » le plus parfait et le plus avantageux possible pour la « société ».

Je demande que sa santé soit affermie aux frais de la « *société.* »

Je demande que son esprit soit armé et orné aux frais de la « *société* ».

Je demande que ses muscles soient développés aux frais de la « *société.* »

Je demande que ses facultés physiques et morales soient étendues aux
frais de la « *société.* »

Je demande que ses membres soient
exercés aux frais de la « *société.* »

Parce que ses forces, son cerveau,
ses talents et ses bras augmentent,
grandissent, se forment et s'épanouis-
sent au bénéfice de cette « société. »

L'ACCROISSEMENT DE LA POPULATION

—

Comme je ne suis pas le premier qui ait eu l'idée de demander l'entretien des enfants aux frais de la « société », d'autres avant moi n'ont pas manqué de se faire répondre qu'à ce compte-là, les « sociétaires » feraient des enfants comme s'il en pleuvait, du moment où il ne leur en coûterait plus rien pour les nourrir, et que bientôt il y aurait tant d'hommes sur la terre, que ceux-ci ne pourraient plus se procurer à manger, à moins qu'ils ne trouvent le moyen de cultiver la lune.

Il y a même, à ce propos, un célèbre savant anglais, le nommé Malthus, —lequel n'est autre, d'ailleurs, qu'un sinistre gredin, — qui a risqué là-dessus des théories à faire rougir les pornographes les plus endurcis.

Après avoir soutenu la thèse ci-dessus, il a conclu carrément par son célèbre *moral restraint,* c'est-à-dire par le conseil donné aux hommes « *de ne contracter le mariage que lorsqu'ils ont les ressources suffisantes pour élever une famille, et, une fois mariés, à faire en sorte que le nombre de leurs enfants* demeure toujours en rapport avec les moyens d'existence dont ils disposent. »

On n'est pas plus effrontément dégoûtant que ce monsieur... *schocking !*

D'ailleurs, on n'est également pas plus cynique et plus classe-dirigeant que lui quand il ajoute :

« ...*Que les classes aisées sont généralement plus prévoyantes, sous ce rapport, que les classes pauvres, parce que les premières sont retenues par la crainte de voir leurs enfants déchoir des avantages pécuniaires ou honorifiques appartenant à leurs ancêtres, mais que, dans l'intérêt public, il importerait que les classes pauvres ou laborieuses se pénétrassent égale-*

ment de la nécessité d'arrêter par une
prévoyance volontaire l'augmentation exces-
sive de la population. »

N'est-ce pas que voilà un bien
joli *gentleman* ?...

Lui, au moins, il n'y va pas par
quatre chemins : « Il y a trop de
monde...; qu'on supprime les pauvres
pour que les riches soient plus à
l'aise. » Telle est l'économie de ce
système, qu'en anglais on appelle, à
ce qu'il paraît, *moral restraint,* sans
doute parce que la morale y apparaît,
en effet, singulièrement restreinte.

En somme, nous n'avons pas trop
à nous moquer ici de ce M. Malthus,
car, sauf le cynisme suffisant qui

manque à notre « *société* » pour inscrire le *moral restraint* en tête de ses lois, elle ne fait guère autre chose que de le pratiquer en fait et de l'imposer à ses « sociétaires » pauvres en laissant à leur charge les enfants qu'ils *lui* font.

Je ne sais si les calculs des malthusiens sont exacts; mais ce qui est sûr, c'est que la conséquence qu'ils en tirent est infecte et que ces gens-là mériteraient, ma parole d'honneur! d'être châtrés, pour les guérir de « *la crainte de voir leurs enfants déchoir des avantages pécuniaires ou honorifiques appartenant à leurs ancêtres* », comme le dit si bien leur répugnant patron.

7.

Aussi odieuse que soit une pareille argumentation, il faut pourtant y répondre.

Cela ne sera pas long :

Primo. — Notre « *société* » n'en est pas encore, il s'en faut de beaucoup, à ce point d'avoir trop de « *sociétaires* » et de manquer d'espace pour les nourrir, puisqu'il est constaté, au contraire, que notre population décroît presque, ce qui ne peut être attribué qu'à l'accablement systématique des « *sociétaires* » pauvres par la « *société.* »

Nous n'avons donc point à nous préoccuper d'un avenir qui ne nous appartient pas, ni des manifestations

ultérieures de la nature, que nous
n'avons pas le droit d'entraver. Chaque
jour amène son pain, dit le pro-
verbe. Chaque génération gagnera le
sien.

Secundo. — Et alors même que la
« *société* » aurait trop de « *sociétaires* », de quel droit les uns con-
fisqueraient-ils aux autres, et à leur
profit, la liberté de croître et de mul-
tiplier ? Ce serait du propre !...

Voilà, par exemple, un chapitre sur
lequel il ne ferait pas bon de forcer
les « *sociétaires* » à se demander s'ils
« ONT LEUR COMPTE. »

PAS DE MALENTENDU, POURTANT !...

—

J'espère n'avoir pas été assez malheureux, dans le chapitre qui précède,
pour que l'on ait pu se méprendre
sur le caractère de ma revendication.

Cependant, si je m'étais expliqué
de travers et assez gauchement pour
faire croire à quelqu'un que j'entends,
par l'intervention de la « *société* »
élevant démocratiquement tous ses
enfants, l'anéantissement de la liberté

personnelle et le césaro-socialisme inepte que prônent quelques infirmes, il importerait de préciser.

Un seul mot suffira :

Il s'agit, non pas de faire produire de force aux jeunes citoyens ce que la « *société* » aurait pu les juger capables de produire, mais de les mettre à même de produire, — selon leurs aptitudes et leur volonté, — ce qu'il leur serait impossible de produire sans l'aide de la « *société.* »

Il ne s'agit pas d'imposer à qui que ce soit un métier, un travail quelconque : il s'agit simplement de mettre à la portée de chacun l'outil qu'il désire, et l'outil le plus parfait, de façon à lui assurer les moyens d'utiliser ses aptitudes au profit de la masse et à son profit.

———

COMME QUOI LES ENFANTS
SONT NATURELLEMENT A LA CHARGE
DE LA « *société* »

—

Il existe pour cela deux raisons que je crois péremptoires.

La première, — celle qui suffirait si elle était seule, — c'est l'intérêt de cette « *société* », puisque j'ai démontré que la « *société* » n'a pour unique élément d'existence et de prospérité que le travail de ses membres, et que par conséquent il importe, avant tout, de cultiver le plant de « sociétaires » en vue du plus grand rapport possible, sous peine pour elle de péricliter et de périr si, en abandonnant l'enfance, elle laisse infécondes la plus grande partie des forces vives que chacune des générations successives lui apporte.

Voilà pour la raison pratique, la raison AFFAIRES.

La seconde, c'est qu'il est souverainement injuste et barbare d'imposer au « sociétaire » dont le travail suffit à peine à l'empêcher de mourir de faim la charge de nourrir et élever ses enfants, quel qu'en soit le nombre, puisque ces enfants, appelés par leur travail à constituer et à augmenter la richesse et la puissance de la « *société* » ne sont, en somme, que le plus clair de l'actif social.

La « *société* » ne sera qu'un vain mot et qu'une grossière duperie tant que le travail d'un « sociétaire » devra alimenter indistinctement soit UN si le travailleur est célibataire, soit SEPT s'il est chef de famille.

Il m'est impossible, à moi qui ai cinq enfants et une femme, de poser dans ma journée sept fois autant de serrures que celui qui n'en a pas.

Si vous me dites à cela :

— Ça ne nous regarde pas, arrange-toi comme tu pourras; tu as fait des enfants, nourris-les.

Moi je vous réponds :

— C'est bien..., je les nourrirai comme je pourrai..., et quand ils seront bons à quelque chose, vous les prendrez pour défendre vos biens à vous, votre sol à vous; mais alors, c'est bien assez de me traiter comme un esclave, ne me traitez pas, par-dessus le marché, comme un imbécile en venant me chanter à tout propos que je suis un « sociétaire, » que je dois à la « société » amour, fidélité et dévouement sans bornes, car je ne suis rien et ne vous dois rien moins que tout cela. Je suis un

« cinquante-sept centimes » abandonné,
écrasé, exploité, escroqué, un sociétaire malgré lui, dont vous finirez,
c'est fatal, par faire un révolté si vous
ne lui donnez pas son « COMPTE. »

PETITE GOGUENARDERIE
DU TROISIÈME SOCIÉTAIRE SATISFAIT DE
SON DIVIDENDE

—

— Très bien, citoyen Gervais Martial..., très bien. Vous dites donc que la « *société* » possède treize millions de « *sociétaires* » au-dessous de vingt ans et qu'elle doit prendre à sa charge leur nourriture, leur entretien, leur instruction, y compris les arts d'agrément.

En attribuant à chacun de ces treize millions de plants de sociétaires, comme vous dites, une subvention annuelle de seulement 250 francs, avez-vous calculé que cela augmenterait le budget de plus de trois milliards?

Où les prendrez-vous, ces trois milliards?

————————

RÉPONSE

—

— C'est ça qui m'est un peu égal, par exemple!...

On les prendra où on les trouvera. L'essentiel est qu'ils soient quelque part, et ils y sont.

Nous avons bien déjà un budget régulier d'environ trois milliards, dont une partie représente l'intérêt et l'amortissement d'une foule de bêtises belliqueuses commises par... les gens que nous savons bien, bêtises qui ne nous ont rien rapporté, au contraire.

Quand nous en aurions un de six

ou huit milliards employé à assurer
la vraie prospérité et la vraie grandeur de la « société », nous n'en
mourrions pas, au contraire.

Notre « société », toute mal fichue
qu'elle est, produit chaque année, par
son travail, son agriculture et son
industrie, une quantité de milliards
vingt fois plus que suffisante pour
lui permettre le luxe de bien élever
ses enfants; que produirait-elle si elle
était reconstruite de façon à ne perdre
aucune de ses forces? C'est incalcu-
lable.

Et puis, la question n'est pas de
savoir où l'on puisera les ressources
nécessaires à l'accomplissement d'une

réforme d'intérêt général, elle est simplement de savoir si ces ressources
existent quelque part.

Or, il est incontestable qu'elles
existent; c'est tout ce qu'il faut. Il n'y
a plus qu'à les réquisitionner où elles
se trouvent, par mesure d'intérêt
public.

Et c'est là que l'impôt progressif,
— dont nous avons reconnu plus
haut la parfaite légitimité au point
de vue social, — entre en scène pour
jouer le véritable grand premier rôle,
qui lui revient de droit dans toute
« *société* » vraiment basée sur la solidarité de tous en vue du développement et du salut de la chose commune.

CONCLUSION

—

Sous un régime despotique, ce premier *cahier du peuple* serait naturellement un livre de sédition, un cri de révolte.

En effet, l'idée mère qui a inspiré ces lignes est celle-ci :

— Je n'ai pas mon compte; je m'en aperçois et je m'insurge !...

Alors, c'est le pavé arraché, c'est le sang, c'est la guerre civile; et il le faut bien, à certaines heures, quand tout autre moyen échappe au « *socié-taire* » de se faire rendre ce qui lui est dû.

Sous un régime, — même à peine naissant, — de souveraineté nationale, ce livre reste bien encore un cri de souffrance et d'indignation, mais il n'est plus qu'une œuvre d'examen dans laquelle l'auteur se dit :

— Je n'ai pas mon compte; je m'en aperçois et je le réclame.

Je le réclame à qui ?... A la « société »; — mais la « société, » c'est moi-même, puisque j'ai le bulletin de vote.

Donc, maintenant, tout est là : BIEN VOTER.

Pour bien voter, il ne s'agit plus seulement d'élire des candidats qui nous ont répondu *oui* quand nous leur avons demandé s'ils appuieraient toutes les libertés imaginables ; il faut en trouver qui prennent, en outre de ces engagements, trop souvent banals, celui de réclamer la revision du contrat social.

Ce contrat, — qui doit être sans cesse revisable, puisque les contractants se renouvellent chaque jour, — est aujourd'hui défectueux, absurde et spoliateur de la base au sommet, et il n'en peut être autrement, puisqu'il a été rédigé exclusivement pendant des siècles par des classes de privilégiés. Il s'agit de le refaire, aujourd'hui que nous avons conquis le droit de le signer, ce qui constitue pour nous l'engagement de l'exécuter.

Je n'ai ni le talent nécessaire pour en rédiger un meilleur, ni même la prétention d'en avoir signalé tous les défauts.

Mais j'ai du moins l'espoir que j'aurai poussé beaucoup de mes pareils, qui ne pensaient peut-être pas assez à cette forme d'examen, à se poser cette question simple : AI-JE MON COMPTE ?

Je suis profondément convaincu, — je le répète, et ce sera mon dernier mot, — que toute « *société* » fraudu-leuse, dont les « *sociétaires* » ne sont égaux ni devant les droits ni devant les charges, est une société condamnée, vouée à la ruine et à la dislocation, par cette raison indéniable que l'injustice dont les hommes se reconnaissent victimes les conduit fatalement, un jour ou l'autre, au détachement, à la désaffection et même à la haine de la chose soi-disant commune, qui ne leur réserve que les humiliations et les mauvais traitements.

Maintenant, appelez cette « chose commune » la Patrie, et vous arrivez à cette conclusion terrible, mais inéluctable :

Pour l'opprimé, plus de patrie.

8.

Ce livre a été dur, il devait finir
sur un mot dur. J'en suis bien fâché.

GERVAIS MARTIAL.

Comme quoi l'idée de ce cahier n'est pas toute neuve

LE VIEILLARD ET L'ANE

Un vieillard sur son âne aperçut en passant
 Un pré plein d'herbe et fleurissant :
Il y lâche sa bête, et le grison se rue
 Au travers de l'herbe menue,
 Se vautrant, grattant, et frottant,
 Gambadant, chantant, et broutant,
 Et faisant mainte place nette.
 L'ennemi vient sur l'entrefaite.
 — Fuyons, dit alors le vieillard.
 — Pourquoi ? répondit le paillard ;
Me fera-t-on porter double bât, double charge ?
— Non pas, dit le vieillard, qui prit d'abord le large.
— Et que m'importe donc, dit l'Ane, à qui je sois ?
 Sauvez-vous et me laissez paître.
 Notre ennemi, c'est notre maître :
 Je vous le dis en bon françois.

———

O bon et immortel La Fontaine !... Pas bête, ton âne !... car il s'était posé, lui aussi, entre une charge trop lourde et une volée de coups de rotin, la vraie question, la seule : AI-JE MON COMPTE ? Et il faut croire qu'il ne s'était pas répondu : OUI,

TABLE

Paris. — Imp. BERNARD, 9, rue de la Fidélité, 4216.